Les anagrammes, c'est rigolo!
En jonglant avec les lettres,
on transforme les mots.

Pour Phoise (Sophie) et Danrelaxe (Alexandre)
qui aiment jongler avec les mots.

Mireille Messier

À mon Lucas d'amour pour qui je braverais tous
les océans et relèverais tous les défis d'aventures!

Loufane

Catalogage avant publication de Bibliothèque et Archives Canada

Messier, Mireille, 1971-, auteur
Le voilier d'Olivier : une aventure en anagrammes / Mireille Messier ;
illustrations de Loufane.

ISBN 978-1-4431-3806-2 (couverture souple)

I. Loufane, 1976-, illustrateur II. Titre.

PS8576.E7737V65 2014   jC843'.54   C2014-902925-X

Édition publiée par les Éditions Scholastic, 604, rue King Ouest,
Toronto (Ontario) M5V 1E1.

5 4 3 2 1   Imprimé au Canada 119   14 15 16 17 18

Le voilier d'Olivier

UNE AVENTURE EN ANAGRAMMES

Mireille Messier
Illustrations de Loufane

Éditions
SCHOLASTIC

Quand Olivier se réveille, une drôle de surprise l'attend.

Olivier trouve une lettre qui dit :
« Parti en Chine avec ma niche!
J'ai eu une chicane avec le caniche.
Snif! Snif! ».
Elle est signée « Chien ».

Vite! **Olivier** saute dans son **voilier**. Il doit aller chercher son chien au cœur brisé.

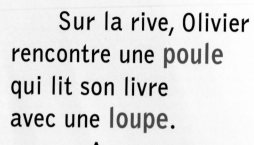

Sur la rive, Olivier
rencontre une **poule**
qui lit son livre
avec une **loupe**.

— Avez-vous vu mon chien?

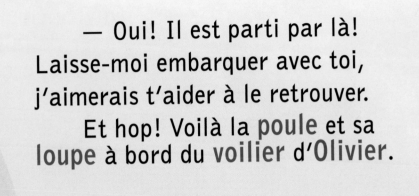

— Oui! Il est parti par là!
Laisse-moi embarquer avec toi,
j'aimerais t'aider à le retrouver.
Et hop! Voilà la **poule** et sa
loupe à bord du **voilier** d'**Olivier**.

Olivier **vire** pour s'éloigner de la **rive**. Au **loin**, il aperçoit un **pirate** qui fait une **partie** de cartes avec un **lion**.

— Avez-vous vu mon chien?
demande Olivier.

— Oui! Il est parti par là!
Laisse-nous embarquer,
nous aimerions vous aider
à le retrouver.

Et hop! Voilà le pirate et
le lion à bord du **voilier** d'Olivier.

Une fois ses nouveaux passagers à bord, Olivier entend des cris provenant de l'océan. Un singe en canoë lui fait signe.

— Moi aussi, j'ai vu ton chien et sa niche. Je peux t'aider?

— D'accord! dit Olivier. Mais puisqu'il ne fait plus trop beau, accostons au port et attendons l'aube.

À cinq dans un voilier, on est un peu tassé.

— **Ouf**! C'est **fou** comme il **ronfle** fort! On dirait un **frelon**!

— Qui a pris mon oreiller?

— Qui pue des pattes?

— Il y a un **poil** dans le dentifrice!
La poule est **piquée** au vif.

— Holà! On reste **poli**! Nous sommes une **équipe**!

— À l'**avenir**, il me faudra un plus gros **navire**, soupire Olivier.

Le lendemain, l'équipage retourne au large.
Ne sachant plus dans quelle direction aller,
Olivier se met à l'**écart** et étale une **carte**.

— Nous tournons en **rond**! Allons vers le **nord**!

— Mets **tes** lunettes! Il faut aller à l'**est**.

Olivier reste **calme**. Il étudie la carte, puis
il **clame** :

— Cap vers le **nord**!

Mais bientôt, la neige se met à tomber.

— Qui est le génie qui nous a conduits ici? se plaint le lion.

— C'est moi, répond Olivier. J'ai bien peur de vous avoir menés à une pure catastrophe!

Le pirate prend pitié d'Olivier.

— Pauvre marin d'eau douce! En virant vers l'ouest, nous serons en Chine avant d'avoir dit « Ouste »!

— Vous en êtes certain? demande Olivier.

— Sois sans crainte, moussaillon! Nous retrouverons vite ton chien et sa niche.

23

Se rendre en **Chine** pour chercher son **chien**, ça donne faim.

— Quelqu'un a quelque chose à manger? demande **Olivier** sur son **voilier**.

— J'ai une lime et du miel.
— J'ai une portion de potiron.
— J'ai un œuf brouillé.
— J'ai du bœuf rouillé.

L'équipage dévore le tout (sauf le bœuf rouillé! beurk!) et continue son chemin.

Olivier brave les vagues pendant des heures et des heures, quand enfin...

— Est-ce une **vision**? demande le lion à son **voisin**.

— Non!

— Nous voilà en Chine! crient-ils tous en chœur.

Mais où sont le chien et sa niche?

— Ouaf! Ouaf!
jappe joyeusement
le chien en voyant
Olivier et son voilier.

Le **voilier** d'**Olivier** touche terre.

— Allons mon toutou, dit Olivier en riant. Oublions cette **chicane** avec le **caniche**. Tu sais bien que nous t'aimons. Rentrons à la **maison**!

Page 7 Chine niche chien chicane caniche	**Page 15** chien niche trop port beau aube	**Page 24** Chine chien Olivier voilier
Page 9 Olivier voilier	**Page 17** Ouf fou ronfle frelon poil poli piquée équipe avenir navire	**Page 25** lime miel portion potiron œuf brouillé bœuf rouillé
Page 10 poule loupe		**Page 27** vision voisin
Page 11 poule loupe voilier Olivier	**Page 18** écart carte rond nord tes est calme clame	**Page 28** chien niche
Page 12 vire rive loin lion pirate partie	**Page 20** neige génie peur pure	**Page 29** Olivier voilier
Page 13 voilier Olivier		**Page 30** voilier Olivier
Page 14 océan canoë singe signe	**Page 23** ouest ouste certain crainte chien niche	**Page 31** chicane caniche aimons maison

Amuse-toi à trouver les anagrammes
des mots suivants :

orgue•mare•sapin•alpin•soir•image

orgue : rouge mare : rame, amer sapin : pains
alpin : lapin soir : rois image : magie